Contes à l'envers

Boris Moissard est né à Courbevoie d'un père pédicure et d'une mère avocate. Sa lecture est le Code de la route, où il puise l'essentiel de son inspiration et ses audaces de style.

Philippe Dumas est doté d'un physique plus avantageux et d'une force musculaire remarquable. On l'a vu faire sauter le chapeau d'un gros œuf à la coque.

Ces deux auteurs ont à peu près le même âge et c'est entre eux un match à qui mourra en second, afin d'avoir le dernier mot en matière de chefs-d'œuvre.

En attendant ils se fréquentent beaucoup et s'entendent aussi bien que Montaigne et La Boétie. Ils ont d'ailleurs infiniment plus de talent que ces deux-là, dans un autre genre.

© 1990, l'école des loisirs, Paris
Maquette : Sereg, Paris
Loi numéro 49956 du 16 juillet 1949 sur les publications
destinées à la jeunesse : mai 1980
Dépôt légal : avril 1994   MAY 0 3 1995
Imprimé en France par Hérissey Évreux - N° 64825

Philippe Dumas et Boris Moissard

Contes à l'envers

Neuf en poche
l'école des loisirs
11, rue de Sèvres, Paris 6e

La belle histoire
de Blanche-Neige

Il était une fois un pays merveilleux où les femmes avaient pris leur revanche sur les hommes, elles pouvaient enfin devenir maçons, plombiers ou champions de boxe et laissaient à leurs maris le soin de torcher les enfants et de repriser les chaussettes.

La présidente de la République était une femme remarquable qui prônait officiellement l'égalité des sexes, disant que si on donne aux garçons les mêmes chances qu'aux filles, il n'y a pas de raison pour qu'ils ne réussissent pas tout aussi bien.

Ceci dit, dans son for intérieur, elle conservait quelque doute sur la valeur masculine, car elle était une femme douée d'une prodigieuse intelligence et d'une personnalité supérieure. C'est d'ailleurs à cela qu'elle devait son poste de présidente et chacune de ses apparitions en public plongeait la foule dans un grand respect à cause de la profondeur et de la subtilité de ses paroles. Et comme elle ne souhaitait rien tant que d'être réélue, elle étudiait soigneusement les sondages :

— A la question : Suis-je la personne la plus intelligente du pays?

— 87 % des gens interrogés répondent : Oui, madame la présidente.

— A la question : Ai-je la cervelle la mieux faite?

— 78 % répondent : Sans aucun doute, madame la présidente.

Et ainsi de suite, jusqu'au jour où le sondage répondit :

— Non, madame la présidente, vous n'êtes pas la plus intelligente car Blanche-Neige l'est autant que vous – et en plus, elle est belle !

Pour un mauvais résultat c'était un mauvais résultat et même assez désagréable. La présidente fit aussitôt venir un homme qui travaillait au palais comme « bon à tout faire » et lui ordonna, pleine de rage contenue, de se mettre sans délai à la recherche de Blanche-Neige pour la tuer.

Ce « bon à tout faire » n'était pas un mauvais bougre mais il comprit l'importance de la mission et tout le profit de carrière qu'il pourrait en tirer. Il songea à sa pauvre femme qui était directrice d'une chaîne de grands magasins et trimait dur pour élever leurs quatre enfants : elle serait bien contente, bien fière si son petit homme se distinguait tant soit peu dans son emploi ! Sans compter l'augmentation de salaire à espérer en cas de réussite.

Il dit donc : « A vos ordres, madame la présidente, je vous apporterai le cœur de Blanche-Neige demain sans faute avant la nuit, vous pouvez compter sur moi », et cet homme, qui s'appelait M. Catherine

Lecœur (du nom de son épouse, suivant l'usage du pays) se mit en route sans perdre une seconde.

Il n'eut aucune peine à rencontrer Blanche-Neige. Elle était connue comme le loup blanc, tant elle différait des autres femmes : elle ne portait pas de lunettes, ne fumait pas la pipe, ne jurait pas comme un charretier ni ne passait son temps au bistrot à jouer aux cartes. Au contraire la plus gracieuse jeune fille qui se puisse imaginer, d'une modestie confondante, gentille comme un cœur, toujours souriante – principalement avec les hommes, auxquels jamais elle n'infligeait le sentiment de leur infériorité.

Bref, Blanche-Neige était unique, et tout le monde pouvait vous dire où la trouver.

– Bonjour mademoiselle Blanche-Neige, lui dit M. Lecœur en l'abordant, quelle belle journée, n'est-ce pas?

A quoi il lui fut répondu avec un charmant sourire qu'effectivement c'était un très beau jour, et que la belle saison semblait prendre un bon départ.

M. Lecœur encouragé par cet accueil proposa une petite promenade. Les voilà donc lui et Blanche-Neige bras dessus bras dessous, marchant dans la rue sous le soleil qui chauffait le ciel ce matin-là. Il offrit à la jeune fille un cornet de glace à la vanille, puis l'emmena faire un tour en canot sur le lac où il pensait pouvoir perpétrer son infamie à l'abri des regards. Mais à vrai dire, à mesure que passaient les quarts d'heure, la gentillesse de Blanche-Neige lui ôtait tout courage (on a dit que c'était un bon bougre), et il se sentait de moins en moins fiérot à l'idée que tout à l'heure il lui faudrait poignarder sa victime.

Pour finir, il n'y tint plus :

– Mademoiselle Blanche-Neige, avoua-t-il, je suis chargé de vous supprimer. C'est la présidente qui l'exige en vertu de la raison d'État. Mais vous êtes si mignonne que je ne m'en sens pas la force. La situation est grave ! Je vous en conjure, sauvez-vous vite et ne réapparaissez plus !

Blanche-Neige se sauva donc et M. Lecœur, de son côté, passa à la boucherie avant de rentrer au palais et acheta un cœur de veau. Il l'apporta à la présidente sur un coussin de velours, et la présidente, qui n'était pas très calée en viscères, n'y vit que du feu : elle prit ce cœur pour celui qu'elle attendait.

Elle félicita M. Lecœur et dit qu'il était un exemple pour tous et que si tous les autres hommes mettaient autant de zèle à l'accomplissement de leurs missions la vie serait tellement plus simple (mais sa reconnaissance se borna là, elle ne parla pas d'augmentation de salaire).

Cependant Blanche-Neige s'était enfoncée dans la forêt et avait couru droit devant elle pendant des heures, si bien que vers le soir elle atteignit une clairière où était une maisonnette à toit de chaume, entourée d'un jardin fleuri.

Blanche-Neige était morte de fatigue et de faim. Elle frappa à la porte, comptant demander asile. Mais personne ne répondit. Comme le verrou n'était pas mis, elle entra. Elle alla dans la cuisine, but abondamment au robinet et mangea tout ce qu'il y avait dans le frigidaire. Après quoi elle s'installa confortablement sur le grand canapé devant l'âtre où rougeoyaient encore quelques tisons, et bientôt s'endormit.

Lorsque les habitants de la maison s'en revinrent, la vue de cette personne du sexe féminin installée chez eux sur le canapé leur fit tout d'abord extrêmement peur. C'était là une petite bande d'hommes des temps anciens qui avaient fui la civilisation moderne et qui étaient venus se réfugier au milieu de cette forêt, où ils vivaient hors la loi : ils ne goûtaient guère les visites à l'improviste. Ils craignirent que Blanche-

Neige ne fût quelque huissier ou inspecteur des impôts ayant fini par retrouver leur trace, ou quelque policier ou quoi que ce soit de plus abominable encore. Après avoir délibéré en épiant l'inconnue par le carreau, ils prirent la décision de s'approcher d'elle à pas de loup et de l'assommer d'un coup de pioche.

Dieu merci, quand ils furent au-dessus d'elle, ils reconnurent Blanche-Neige, dont la renommée leur était parvenue, et, la trouvant extrêmement jolie, ils se ravisèrent et allèrent ranger la pioche.

Ils réveillèrent la dormeuse avec une infinie douceur, lui firent sa toilette (la course à travers bois l'avait pas mal salie), lui passèrent des habits propres et l'installèrent dans la plus belle et la plus claire de leurs chambres, et la gardèrent désormais avec eux. C'est ainsi que Blanche-Neige devint le chef des brigands de la forêt.

Hélas! un beau jour, la présidente, informée par ses services d'espionnage, sut que Blanche-Neige n'était pas morte mais au contraire bien vivante, et même en grande forme (effet de la vie en plein air) et qu'elle se cachait dans la forêt où elle avait pris la tête de ce rassemblement de messieurs lassés de la dictature des femmes et désireux de la combattre. La situation était préoccupante.

Ayant premièrement fait passer par les armes le malheureux M. Lecœur, convaincu de félonie, la présidente se déguisa deuxièmement en pauvre bûcheronne et s'en vint rôder autour de la chaumière dans la forêt, faisant semblant de mettre du menu bois en fagots. Elle avisa Blanche-Neige qui était toute seule en train de prendre un bain de soleil allongée sur une serviette au milieu de la pelouse. Et, tirant de dessous ses haillons une grosse pomme astiquée comme un sou neuf :

— Tiens, voici un fruit bien juteux que j'ai apporté pour toi, mon enfant, dit la présidente d'un ton de bonne grand-mère. Tu dois avoir soif, sous ce soleil !

Blanche-Neige, que son gentil caractère privait de toute méfiance, accepta en remerciant. La pomme était empoisonnée ! Sitôt qu'elle y eut planté les dents, elle s'endormit d'un terrible sommeil d'où ses compagnons, à leur retour de la chasse, ne purent la tirer malgré des aspersions d'ammoniaque.

Ils en conçurent un chagrin énorme, et ce chagrin criait vengeance. Ils prirent les armes et ce fut la guerre civile. Elle fut sans merci, comme toutes les guerres civiles, et dura jusqu'au début de l'hiver. Au commencement les rebelles, inférieurs en nombre, armés seulement de bâtons, eurent plutôt le dessous, et ne durent qu'à leur héroïsme de ne pas se faire écraser. Mais bientôt leurs muscles d'hommes prévalurent sur la stratégie des femmes et d'autre part chaque mari dans le pays commençait à relever la tête : plantant là balai-brosse et serpillière, il se ralliait aux maquisards, dont les rangs ne cessaient de grossir.

Pour finir ce fut le triomphe de la révolution, et les hommes investirent le palais et s'emparèrent des commandes de l'État. La présidente s'enfuit par la porte de service et passa en Amérique du Sud grâce à un faux passeport et à une barbe postiche.

Blanche-Neige, qui dormait toujours, fut installée au centre de la capitale, sur la grand-place, sous un arc de triomphe érigé spécialement, et tous les citoyens et citoyennes vinrent en procession lui rendre hommage et déposer des gerbes de fleurs au pied du catafalque.

Le huitième jour, un jeune homme, très beau, très élégant, se détacha de la foule et s'approcha du cercueil. Il était pâle, et avait l'air d'un somnambule. Il gravit les marches du catafalque et, se penchant sur le visage de la jeune fille, il l'embrassa sur le front.

Alors, comme on pouvait s'y attendre, Blanche-Neige revint à elle.

La fête qui fut organisée pour son mariage avec le beau jeune homme dura six jours et six nuits, au cours desquels on dansa énormément et avala encore plus de nourritures savoureuses. On entonna autant de vins fins que de chansons à boire ; après quoi les jeunes mariés prirent l'avion pour Venise, où leur était retenue une suite princière au Gritti Palace Hôtel. Ils revinrent de voyage de noces trois semaines plus tard, la mine radieuse et l'épiderme bronzé.

Depuis lors, les femmes de ce pays sont restées très amoureuses de leurs maris, qui le leur rendent bien, d'où un grand nombre de naissances d'enfants élevés dans le bonheur. Tout cela forme un peuple constamment aux anges, qui se passe de génération en génération la belle histoire de Blanche-Neige.

L'anniversaire de l'exécution de M. Lecœur a été déclaré jour férié. Quant à l'ex-présidente, elle est redevenue présidente, car elle a pris le pouvoir quelque part du côté de l'Uruguay. Mais ses ambassadrices ont toujours été bien reçues au pays de Blanche-Neige.

Le Petit Chaperon
Bleu Marine

Personne n'ignore, bien sûr, l'histoire du Petit Chaperon Rouge. Mais connaît-on celle du Petit Chaperon Bleu Marine?

Il faut savoir que le célèbre Chaperon Rouge n'a pas éternellement continué d'être «petit» mais que cette sympathique fillette, après ses démêlés avec le Méchant Loup, a pas mal grandi et est devenue une belle jeune femme qui s'est mariée et a eu un enfant (une fille nommée Françoise) : puis qu'elle s'est trouvée elle-même grand-mère quand cette Françoise à son tour s'est mariée (ainsi va l'existence) ; et qu'elle vit encore, aujourd'hui, à Paris, dans le 13ᵉ arrondissement, au rez-de-chaussée d'un immeuble situé dans une rue sombre. C'est une gentille vieille dame qui habite seule et qui ne fait plus parler d'elle, mais qui a encore beaucoup d'années à vivre, car elle se porte bien. Et elle est très heureuse, partageant son temps entre le tricot devant sa fenêtre, la lecture des magazines et la causette avec les autres vieilles dames du quartier à qui elle donne des détails introuvables dans les livres sur sa célèbre aventure du temps jadis.

Mais voici une autre aventure qui vient de lui arriver tout dernièrement, par la faute de sa petite-fille, Lorette, qu'on surnomme « le Petit Chaperon Bleu Marine » à la fois en l'honneur de sa grand-mère et à cause d'un *duffle-coat* de cette couleur acheté en solde aux Galeries Lafayette et que sa maman (Françoise) l'oblige à mettre chaque fois qu'elle sort, pour qu'elle n'aille pas attraper froid.

Il y a quelques mois, donc, la maman de Lorette lui a demandé d'aller porter un paquet de pelotes de laine chez sa grand-mère (l'ex-Chaperon Rouge) à ce rez-de-chaussée du 13ᵉ arrondissement à l'autre bout de Paris. Elle lui a bien montré sur un plan le chemin à suivre, et a pris la précaution de lui faire répéter plusieurs fois le numéro de l'autobus dans lequel monter, ainsi que l'arrêt où descendre. Et Lorette s'est mise en route, non sans avoir embrassé sa maman et bien entendu enfilé son fameux *duffle-coat,* dont elle a rabattu le capuchon. Elle a tourné à droite sur le boulevard Boris-Vian, puis elle a traversé et pris en face la rue Suzanne-Lalou, enfin elle a tourné à gauche dans l'avenue du Général-Batavia, suivant les indications maternelles ; et, après cinq minutes de marche, elle est parvenue à la station de bus, et s'est mise à attendre sagement sur le bord du trottoir, bien à sa place dans la file. Quand le bus est arrivé, elle est montée dedans

et a tendu ses deux tickets au conducteur qui les a lui-même introduits dans la fente, car les conducteurs d'autobus sont gentils et secourables, ils viennent en aide aux enfants qui n'ont pas l'habitude de voyager seuls.

– Où descend la petite demoiselle?

– A la station Gare-d'Austerlitz, a répondu Lorette.

Mais comme le conducteur avait fort à faire avec son volant et ses manettes au milieu du trafic, il l'a bientôt oubliée. Et Lorette est descendue à la station Jardin-des-Plantes.

Lorette, j'ai omis de le dire, depuis son plus jeune âge, a toujours été très envieuse de la réputation de sa grand-mère, dont tout le monde connaît les exploits et les raconte aux enfants du monde entier depuis deux générations. «Pourquoi moi aussi ne deviendrais-je pas quelqu'un de célèbre?» s'est-elle toujours demandé.

Ayant réussi à pénétrer dans la ménagerie du Jardin des Plantes à la faveur d'une seconde d'inattention de la caissière rêvant à ses amours, Lorette s'est mise à la recherche de la cage au loup; et quand elle l'a eu trouvée, elle s'est mise contre les barreaux et a appelé le loup qui était en train de se reposer devant sa niche en attendant sa collation de cinq heures.

– Pssst!... bonjour, Loup! C'est moi, le Petit Chaperon Bleu Marine. Devine où je vais de ce pas?

Le loup a dressé une oreille, assez surpris qu'on lui adresse la parole.

– Je vais chez ma grand-mère, lui porter ce paquet que tu vois dans mon panier. Et qu'est-ce qu'il y a dans ce paquet? Ce ne sont pas des pelotes de laine, comme

Bonjour loup! je vais chez ma grand-mère

le dit ma maman, mais une douzaine de petits pots de beurre, figure-toi!

— Ah bon, et alors? a répondu le loup, qui se trouvait être l'arrière-petit-neveu de celui qui dans le conte de Perrault mange la grand-mère et prend sa place au lit, en même temps que le lointain descendant de celui qui, dans la fable de La Fontaine, fait des misères à l'agneau (donc pas n'importe quel loup!); qu'est-ce que tu veux que ça me fasse? Tout ce que je demande, c'est qu'on me laisse dormir et qu'il soit bientôt cinq heures, pour qu'on me remplisse mon écuelle.

Ce loup, qui avait beaucoup lu de livres pour tuer le temps dans sa cage et qui était raisonnable, ne tenait pas à terminer comme son arrière-grand-oncle, dont il savait l'histoire par cœur. Il se méfiait comme de la peste de tout ce qui ressemble à un chaperon,

de quelque couleur qu'il soit, même venant des Galeries Lafayette, et surtout porté par une petite fille. Mais Lorette ne s'est pas laissé démonter par cet accueil revêche.

— Mon vieux Loup, a-t-elle dit, en réalité ta place n'est pas dans cette cage-ci, mais dans celle-la, là-bas avec les ours, car tu en es un! Mais ça ne fait rien. Voici ce que je te propose. Tu dois avoir envie de te dégourdir les pattes, non? Eh bien faisons la course, toi et moi, jusque chez ma grand-mère : on verra bien qui arrivera le premier.

Lorette a donné au loup l'adresse de sa grand-mère et celui-ci, qui s'ennuyait comme un rat mort sur les cinq mètres carrés de sa cage depuis si longtemps et qui brûlait de voir du pays, a bien pesé le pour et le contre et finalement a répondu : Chiche! Lorette a donc ouvert la cage, et les voilà partis tous les deux, chacun de son côté et chacun à son train.

Après avoir compté *trois,* Lorette a pris tranquillement le départ, laissant le loup démarrer au galop et se perdre loin devant elle. Elle était bien contente. Le plan qu'elle avait conçu marchait comme sur des roulettes. Évidemment elle était un peu embêtée pour sa grand-mère, qui allait être mangée; mais quoi! se disait-elle chemin faisant : on ne fait pas d'omelettes sans casser d'œufs.

A son arrivée elle a sonné, et on lui a répondu d'entrer, que le verrou n'était pas mis. Elle a poussé la porte. Dans le lit, il y avait quelqu'un de tout a fait semblable à sa grand-mère : mêmes cheveux blancs rassemblés en un petit chignon, mêmes lunettes, même chemise de nuit en finette et même liseuse de cachemire : le déguisement était très réussi, n'importe qui s'y serait laissé prendre. Mais Lorette reconnaissait fort bien le loup. Néanmoins elle a fait celle qui ne s'aperçoit de rien.

— Bonjour Mémé, j'espère que tu vas bien. Maman m'envoie te porter ces petits pots de beurre, que voici au fond de mon panier. Elle a dit que ça te ferait sûrement plaisir et que ça t'éviterait une course chez la crémière.

— Tu es bien mignonne, ma petite, je te remercie beaucoup. Tu embrasseras bien ta maman pour moi. J'étais en train de me reposer et je m'apprêtais à prendre une tasse de chocolat. Veux-tu regarder la télévision avant de t'en retourner?

Le loup se révélait un imitateur remarquable, Lorette n'en revenait pas. La voix de sa grand-mère était contre-

faite à s'y méprendre. Mais ce n'était pas le moment d'applaudir. Il fallait continuer à jouer le jeu.

– Oh oui! Chic! merci Mémé... Et j'aimerais bien, pour la regarder, que tu me permettes de venir dans le lit m'étendre à côté de toi!

– Si tu veux, mais enlève tes chaussures.

Lorette a mis la télévision en marche, après quoi elle a ôté ses chaussures et s'est glissée dans le lit à côté de sa grand-mère, ou plutôt du loup. Mais au moment où celui-ci se penchait pour l'embrasser, elle a fait un bond en arrière et, tirant de dessous les pelotes de laine le grand couteau de cuisine qu'elle avait pris soin d'apporter :

– Suffit, Loup! a-t-elle fait d'un ton sec, je sais bien que c'est toi. Finie la comédie. Je ne suis pas aussi bête et naïve que le Petit Chaperon Rouge. Allons, debout! et plus vite que ça : direction le Jardin des Plantes. Nous retournons au point de départ.

Et Lorette, sous la menace du grand couteau, a conduit sa grand-mère jusqu'au Jardin des Plantes, sans rien vouloir entendre des protestations de la vieille

dame qui s'inquiétait en outre de son poste de télévision qu'on avait omis d'éteindre.

Au Jardin des Plantes, Lorette a enfermé sa grand-mère dans la cage au loup restée ouverte; puis elle a couru partout en faisant beaucoup de tapage pour alerter les gardiens, disant que le loup venait de lui manger sa Mémé.

Les gardiens sont aussitôt accourus, très inquiets à la fois pour la victime (sans doute déjà mise en pièces de façon irrémédiable) mais aussi pour la bête qui avait le foie délicat et ne manquerait pas de se ressentir d'un tel écart de régime.

Force leur a été de reconnaître qu'il n'y avait dans la cage plus aucune trace de loup mais à la place une vieille dame en chemise de nuit de finette et liseuse de cachemire, visiblement ennuyée de ce qui arrivait et impatiente qu'on la délivre.

Le loup, quant à lui, se trouvait déjà à des kilomètres de tout ça, car au lieu de se rendre chez cette grand-mère du 13ᵉ arrondissement dont il n'avait que faire, il était sorti de Paris par la porte de Charenton et vous pensez bien qu'il avait pris le large, ventre à terre à travers le bois de Vincennes et au-delà, jusqu'à ce que

la nuit soit tombée ; la joie d'être libre lui donnait des ailes.

Il a pris un peu de repos, puis s'est remis à courir et il a couru ainsi toute la nuit sans reprendre haleine dans la campagne, par les champs et par les bois, en direction de l'est où s'étendent les vastes contrées sauvages qui sont le berceau de sa race. Et comme il a fait très attention en traversant les routes et surtout les autoroutes, il est parvenu sain et sauf, au bout de 28 jours, dans son pays d'origine, où on lui a fait fête.

Ce qui n'était pas le cas de Lorette, en butte au contraire à la consternation et même à la colère de tout Paris. Personne ne comprenait comment une petite fille si sage et si obéissante, premier prix de conduite à l'école, avait pu se laisser aller à une action pareille. Le directeur du Jardin des Plantes et le sous-secrétaire d'État aux Vieilles Gens l'ont convoquée l'un après l'autre pour lui faire des remontrances, le premier la grondant d'un loup perdu qui était d'une espèce rare, et le second, tout aussi sermonneur et furieux, disant et même criant qu'on ne peut pas faire ça à sa grand-mère, tout de même !

La presse s'est emparée de l'événement et toute la France a pu voir à la télévision et en photo dans les journaux la petite Parisienne qui a commis une aussi grosse bêtise ; ce qui a secrètement réjoui Lorette, puisque c'est exactement ce qu'elle cherchait (devenir célèbre). Mais depuis, les gens restent inquiets : personne, en effet, ne peut dire où est passée la bête sauvage ; en sorte que chacun se demande s'il ne va pas la trouver un de ces soirs dans son garage ou dans la cabine de l'ascenseur ou sous son lit. C'est un grand tremblement général, qui n'est pas près de finir. Et les parents de Lorette se seraient bien dispensés de tout ce battage autour de leur enfant.

Le loup, par contre, pour terminer par lui, remporte comme je le disais un vif succès auprès de ses congénères des steppes de Sibérie, et s'en trouve fort bien. Il mène grand train de vie, laissant à d'autres le soin de chasser les moutons (il a totalement perdu la main) et s'adonnant pour sa part à des activités plus calmes telles que celle de chroniqueur mondain, où ses talents de conteur font merveille. Il se pavane dans les salons et les lieux à la mode, se répandant en

anecdotes croustillantes sur sa vie à Paris, et il en rajoute un peu au besoin, se donnant toujours le beau rôle. On l'écoute bouche bée, on le regarde avec admiration ; les belles louves se battent pour être vues à son côté.

Il raconte l'histoire du Petit Chaperon Rouge, ainsi que celle du Petit Chaperon Bleu Marine, et tous ses frères sont donc maintenant prévenus du danger qu'il y a à fréquenter les petites filles françaises : c'est pourquoi les enfants de chez nous ne rencontrent plus jamais de loups, et peuvent se promener dans les bois en toute quiétude. Sous réserve, il va de soi, de prendre garde aux hommes qui pourraient y rôder : car certains hommes sont plus dangereux que les loups.

Le don de la fée
Mirobola

Il y a encore, de nos jours, quelques Fées en exercice.
Je ne parle pas des grosses dames qui lisent dans le
marc de café, je parle des Fées, des vraies, qui ont
une belle robe constellée de diamants et une baguette
magique et qui vous apparaissent dans un tourbillon
de lumière.

Seulement l'époque n'est plus très propice aux fééries. Les gens aujourd'hui ne s'intéressent qu'à la science.
Ce qui les épate, c'est une voiture qui monte à 200 à
l'heure; un crapaud changé en prince charmant ne
ferait pas trois lignes dans le journal. Alors les Fées
se sont faites les plus discrètes possible, elles ont rangé
leurs belles robes et tout leur matériel de Fées et

elles n'usent de leurs pouvoirs qu'en cas d'urgence, et sans le moindre tourbillon de lumière. Elles travaillent incognito.

Il en est une qui s'appelle Mme Mirobola et qui vit à Paris à deux pas de la place des Vosges, à l'angle de la rue des Tournelles et de la rue des Lavandières-St-André, au-dessus du pressing qui fait le coin à cet endroit. Et cette Mme Mirobola est justement une de ces Fées modernes, confidentielles et camouflées, mais en même temps capables d'accomplir des choses assez étonnantes comme on va le voir ici.

Le voisin de palier de Mme Mirobola est un professeur de physique et chimie nommé M. Crocheux, homme terrible, qui héberge un neveu, Jean-François, dont il est tout ensemble l'hôte, le tuteur et surtout le tortionnaire tout-puissant, car ce pauvret a perdu ses parents et n'a que son oncle pour s'occuper de lui.

Il n'a pas la vie rose, car M. Crocheux a eu des malheurs dans sa jeunesse et les malheurs, soit ça vous rend indulgent comme Saint Vincent de Paul ou le docteur Schweitzer, soit au contraire ça peut vous endurcir jusqu'à vous rendre mauvais et faire de vous un oncle dénaturé, ce qui est le cas de M. Crocheux, qui ne connaît, comme méthode d'éducation, que la gifle, le coup de pied dans le derrière, la cinglure de cravache et l'emprisonnement systématique (ceci est assez particulier) dans certaine grande malle héritée d'un ancêtre voyageur, et qu'on ne trouve plus si grande après qu'on a été enfermé à l'intérieur.

M. Crocheux est un bourreau d'enfant, et l'autre jour, sur la fin de l'après-midi, Jean-François s'est vu brutalement tiré de la malle où il purgeait une peine de deux heures et expédié sans délai au bar-tabac de la place de la Bastille avec mission d'en rapporter des cigarettes.

— Prends-moi quatre paquets de gitanes, a dit M. Crocheux qui fume comme un sapeur ; ça te dégourdira les jambes.

Et que ça saute, crénom de bois !

– Et que ça saute, crénom de bois! a-t-il ajouté, car il est très impatient.

Jean-François s'est acquitté de la course mais ne voilà-t-il pas que sur le chemin du retour, il rencontre Mme Mirobola, dont c'est l'heure de sortie. Mme Mirobola passe toute la journée chez elle, on ne sait trop ce qu'elle fabrique ; mais quand vient le soir (vers 7 heures) elle se met du rouge aux joues, elle enfile son manteau de lapin, elle sort, et marche inlassablement autour du pâté de maisons jusqu'à une heure avancée de la nuit, car une Fée a besoin de prendre l'air, il en a toujours été ainsi.

– Bonsoir Mme Mirobola, a dit Jean-François en s'effaçant et en ôtant sa casquette (les gifles de son oncle auront eu au moins ça de bon, de lui inculquer le respect des grandes personnes).

– Bonsoir, mon petit coco, a répondu Mme Mirobola.

Elle a été frappée par la figure pâlotte, l'expression de tristesse et l'œil rougi du petit bonhomme, et, exprès, selon un stratagème classique de Fée qui veut lier conversation, elle a laissé tomber son gant.

Jean-François n'a fait ni une ni deux :

– Hé ! Madame Mirobola ! vous perdez votre gant !...

Il le ramasse et s'élance.

– Comme tu es mignon, mon petit canard ! Heureusement que tu es là : qu'est-ce que je serais devenue, moi, avec un seul gant ?

Et Mme Mirobola l'embrasse sur les deux joues.

– Mais dis-moi, reprend-elle en lui relevant le menton. Que signifie cette sombre figure ? Quelque chose ne va pas, mon trésor ?

– Oh si, madame, je vous assure que tout va bien...

– Taratata ! ne me raconte pas d'histoires. Je le vois bien, moi, que ça ne va pas. Allons ! Mouche ton nez, et raconte tes malheurs à madame Mirobola.

Mme Mirobola s'est montrée si persuasive que Jean-François, qui pourtant n'est pas un rapporteur, a fini par se laisser aller à dire la façon dont son oncle le traitait ; et que, justement, il sortait de la malle.

– De la malle ?

Mme Mirobola n'avait besoin d'aucune explication, vu qu'une Fée devine tout ; mais l'indignation lui a fait lever les bras au ciel :

– C'est affreux ! C'est horrible ! Il faut absolument que je fasse quelque chose pour toi, mon pauvre poussin !...

Elle s'est gratté l'oreille afin de mieux réfléchir.

– Eh bien voilà, a-t-elle finalement décidé. Tu es si gentil et si poli, et ton cas est si digne d'intérêt, que je ne peux m'empêcher de te donner un Don. Écoute-moi bien. Je te donne pour Don, que chaque fois que ton oncle ou quiconque te fera pleurer, à l'avenir, les larmes que tu verseras seront autant de sucettes et de caramels! Que dis-tu de cela ?

Jean-François absolument ravi de cette perspective, s'est mis à faire de véritables bonds d'allégresse et de reconnaissance autour de Mme Mirobola et Mme Miro-

bola, craignant pour son rouge, tâchait tant bien que mal de repousser les embrassades. Soudain elle s'est reprise :

— Non, pas de sucreries! c'est mauvais pour les dents. Disons plutôt que chaque fois que tu pleureras, tes larmes seront... autant de pièces de cinquante centimes qui tomberont de tes yeux. Comme ça tu achèteras ce que tu voudras, je te fais confiance. Ça te convient-il ?

Jean-François a accepté d'enthousiasme, recommençant à trépigner et Mme Mirobola a eu de nouveau toutes les peines du monde à le calmer. Il ne croyait pas trop à cette histoire de pièces de cinquante centimes, à vrai dire. Mais la gentillesse de sa bienfaitrice le transportait au septième ciel et quand on est au septième ciel, on perd le contrôle de soi-même ainsi que tout esprit critique.

Il commençait à se faire tard et M. Crocheux attendait son neveu sur le pas de la porte, bras croisés, battant de la semelle, les yeux jetant des éclairs.

– Eh ! bien, ces gitanes ? tu es allé les chercher à Madrid ?

Hélas ! Jean-François revenait les mains vides ! Le pauvre avait posé tout à l'heure les paquets de gitanes sur un rebord de fenêtre pour mieux danser de joie, et les y avait oubliés !

Je laisse à deviner quelle fut la fureur de l'oncle. M. Crocheux attrapa le garnement par le col et lui décocha énormément de coups de pied et de coups de poing sous tous les angles durant une bonne minute, jurant comme un charretier, à tel point que les vitres en tremblaient. Or malgré toute la vaillance qu'on peut avoir, vient un moment – quand les vitres tremblent – où il n'est plus possible de retenir ses larmes. Jean-François s'est donc mis à pleurer, et, ce faisant, il a répandu par l'œil droit une trentaine de pièces de cinquante centimes, et par le gauche ma foi peut-être un peu plus. Tout cela est dégringolé sur le parquet avec un bruit sonore, qui a stoppé net M. Crocheux dans son action éducative.

– Nom d'un chien ! Qu'est-ce que c'est encore que ça ! D'où est-ce que ça nous tombe ?

Il était très étonné, et Jean-François (qui ne l'était pas moins) a dit qu'il ne comprenait rien à cet écoulement monétaire, mais qu'en tout cas le mieux était de ramasser l'argent et de bien regarder sous les meubles, pour si des pièces y avaient roulé.

Au total il y avait 42 francs 50, que M. Crocheux a mis dans sa poche sans proposer de partage, ce qui est bien dans son style. Puis il s'est retiré dans sa chambre, la mine rêveuse, après avoir longuement considéré son neveu. Il n'a pas reparu ce soir-là. Jean-François a dîné seul à la cuisine et s'est mis au lit sitôt sa banane avalée. Et il s'est endormi très satisfait de la tournure que prenaient les évènements.

Il avait tort. Au milieu de la nuit, son oncle est venu le secouer :

– Jean-François ! Jean-François !

– Mon oncle ?

– Tiens, attrape !

Ce qu'il y avait à attraper était un grand coup de poing en pleine poitrine.

– Mais mon oncle !

– Et en voilà un autre !

Deux coups de poing dans la poitrine, ça peut vous faire le même effet que les vitres qui tremblent. Jean-François a versé de nouvelles larmes – c'est-à-dire qu'il a répandu un nouveau torrent de pièces de monnaie, que son oncle a aussitôt rangées par piles de dix. Il y en avait cette fois pour 70 francs tout rond.

– Ta part, a dit M. Crocheux en lui jetant 3 francs 50. Que ceci t'encourage. Nous reprendrons demain matin. Je te dispense d'école jusqu'à nouvel ordre.

Et le méchant homme est allé se coucher, laissant son pupille incapable de se rendormir.

Jean-François, à la première heure, s'est glissé jusque sur le palier et est allé sonner en face, à la porte de Mme Mirobola.

– Qu'est-ce que c'est? a fait une voix pâteuse au bout d'au moins huit coups de sonnette.

– C'est moi, madame. Excusez-moi de vous déranger.

– Attends, je t'ouvre. Qu'est-ce qui t'arrive, mon pauvre coco?

Mme Mirobola est bien moins chic et moins parfumée au saut du lit que dans la rue quand elle marche revêtue de son manteau de lapin, mais ça n'avait pas grande importance pour ce qui amenait le visiteur.

– Il m'arrive, madame Mirobola, que le Don que vous m'avez donné hier soir est à double tranchant, et que pour l'instant, malheureusement, j'ai déjà eu deux occasions d'éprouver surtout le deuxième.

Mme Mirobola ouvrait de grands yeux, et il faut reconnaître que ce langage était énigmatique.

– Je veux dire que votre Don fonctionne trop bien, et que mon oncle me bat exprès pour que je pleure de l'argent.

Mme Mirobola était bien embêtée.

– Mon pauvre biquet, c'est ennuyeux ce que tu me dis là...

Elle s'est gratté l'oreille, tâchant de faire appel à tous les éléments de sa science de Fée au sujet de ce cas épineux, et ça ne lui était pas facile, à une heure si précoce du matin.

– Voilà ce que nous allons faire, a-t-elle dit finalement. Il ne m'est pas possible de revenir sur ce Don que je t'ai donné. Mais je peux le modifier. A l'avenir ce ne sont plus des pièces de cinquante centimes que tu verseras par les yeux, mais des cigarettes de la marque gitanes. Par contre, chaque fois que tu riras, et même à chacun de tes sourires, un beau billet de 100 francs te sortira d'entre les dents. Mais attends, a ajouté Mme Mirobola, tout ceci ne se fait pas si facilement.

Elle est allée prendre sa baguette magique au fond de son placard, et la brandissant dans les airs, elle s'est mise à gesticuler à la façon d'un chef d'orchestre, proférant par ailleurs des formules cabalistiques.

Puis, se rasseyant sur son lit, hors d'haleine et la baguette pendante :

– Ça y est, a-t-elle soufflé, maintenant sois gentil : sauve-toi. Tu me tiendras au courant.

Jean-François a regagné ses draps, et a fait un petit somme en attendant le réveil de son oncle.

Ça n'a pas manqué. Sitôt qu'il a eu ouvert un œil, M. Crocheux s'est rué au chevet de son pupille le poing en l'air, qu'il a abattu avec force sur le front du pauvre enfant, lequel se réveille, se dresse sur son séant et perd en quelques secondes quarante-cinq cigarettes par l'œil droit et soixante-quatre par le gauche, sorte d'avalanche sur l'édredon et la descente de lit.

– Tonnerre de bougre ! rugit l'oncle. Que veut dire maintenant cette nouveauté ?

Et pour s'assurer qu'il voyait bien, il applique un autre coup encore plus rude.

– Pitié, mon oncle ! implore Jean-François en émettant quelques cigarettes supplémentaires. Ce sont des gitanes, mon oncle, votre marque préférée...

– Par exemple ! Des gitanes. Voyez-vous ça ! Et d'où sortent-elles, peux-tu me dire ?

– Je n'en sais rien, mon oncle, je vous assure que je n'y comprends rien.

M. Crocheux était assez déçu de cette chute de gitanes au lieu de monnaie, et il a administré encore quelques coups dans l'espoir que les pleurs de son neveu veuillent bien recommencer à couler sous forme d'argent liquide. Mais en vain. Le contre-Don de la Fée Mirobola agissait efficacement, et il faut croire qu'elle avait su donner les coups de baguette magique aux bons endroits et que ses formules cabalistiques avaient été les bonnes.

Quoi qu'il en soit, M. Crocheux s'est retrouvé à la tête, vers les sept heures du soir, d'un véritable monceau de gitanes et c'est ici qu'on se rend compte de là où Mme Mirobola voulait exactement en venir : ces gitanes, il les a toutes fumées, et il est tombé malade, extrêmement malade, attendu que le tabac, on ne le répétera jamais assez, c'est nocif.

Il est devenu tout vert, puis tout blanc, d'une pâleur mortelle, puis à nouveau tout vert et jaunâtre pour finir, obligé de s'étendre car ses jambes ne le portaient plus ; il se sentait vraiment patraque. Tout tournait autour de lui, son lit tanguait, il lui a fallu trois cuvettes pour y vomir et revomir tout ce qu'il avait pris depuis le matin et il n'y voyait plus rien au travers de ses paupières gonflées, et des filets de bave lui suintaient au menton. Il grelottait. Sa fièvre est montée jusqu'à 40 degrés 6 dixièmes et il a bien cru qu'il y passait. Mais heureusement pour lui le mal s'est calmé, et à l'aube ça allait mieux : M. Crocheux était sauvé. Nous ne pouvons que nous en réjouir, car nous sommes charitables.

Sauvé, mais dans un triste état. Et quand il a voulu se mettre debout, il s'est étalé de tout son long : ce que voyant, Jean-François n'a pu se retenir de rire tant il est vrai que rien n'est drôle comme quelqu'un qui se casse la figure. Et ce rire a fait apparaître un beau billet de 100 francs tout neuf, lequel s'en est allé voleter sur la figure de M. Crocheux : le sortilège de la Fée Mirobola se trouvait accompli.

Moyennant quoi tout va très bien à présent pour le petit Jean-François. Son oncle a découvert qu'il n'y a plus intérêt à lui donner des coups, et qu'il convient au contraire de l'amuser autant que possible. Il en use maintenant envers lui avec la plus extrême gentillesse et multiplie les gags, les petites farces, les clowneries, les mines burlesques, les histoires drôles,

les jets de serpentins, dès qu'il se trouve en sa présence, afin de lui faire cracher des billets de 100 francs.

M. Crocheux est devenu riche et il a donné sa démission de professeur de physique, car il n'a plus besoin de son traitement ; il consacre désormais tout son temps à la gaîté de son neveu, qui s'est vu dispensé d'école, au lieu de quoi son oncle l'emmène au cinéma voir les films de Charlot, Louis de Funès et Buster Keaton, muni d'un grand sac à pommes de terre pour y recueillir les fruits de son hilarité.

Il y a mieux. A force de jouer les boute-en-train et les gros rigolos, M. Crocheux est réellement devenu un boute-en-train de premier ordre et un délicieux rigolo – et par-dessus le marché un homme charmant. Son caractère a changé du tout au tout. C'est une extraordinaire transformation.

Si bien que Jean-François se fait de moins en moins prier pour applaudir aux facéties de son oncle, et s'esclaffe maintenant de bon cœur. L'oncle et le neveu ne peuvent plus se passer l'un de l'autre, et jamais plus il n'est question entre eux de la grande malle héritée de l'ancêtre voyageur. Une sorte de véritable amour les unit, et comme l'amour dispose à aimer quelqu'un d'autre que son pupille quand on est un tuteur dans la force de l'âge, M. Crocheux, ce matin même, a traversé le palier et est allé sonner à la porte de Mme Mirobola pour la demander en mariage.

Demande accueillie avec faveur, pour la plus grande joie de celui qui l'a faite, ainsi que de tout le monde dans l'immeuble de la rue des Tournelles, mais surtout pour celle du petit Jean-François qui, en apprenant la nouvelle, a craché, de plaisir, la plus belle liasse de billets de 100 francs qui se puisse imaginer sortant de la bouche d'un garçon de son âge.

La Belle
au doigt bruyant.

Il était une fois un Prince Charmant qui habitait Rouen dans la Seine-Maritime. C'était un jeune garçon tout ce qu'il y a de sympathique et que sa mère adorait, c'est elle qui répétait à tout bout de champ que c'était "un vrai petit prince" (il faut reconnaître qu'il n'était pas mal de sa personne). A treize ans, son père lui offrit un vélo demi-course : on ne le vit plus désormais qu'à bicyclette, son chien Didi trottant contre sa roue.

La difficulté, quand on est Prince, c'est de trouver un château abandonné. Une fois, Clément passa devant une palissade : peut-être cachait-elle quelque forêt maudite, abritant un palais de la Belle au Bois Dormant? Clément escalada la palissade.

Il atterrit dans un fouillis de ronces et d'orties, planté de deux ou trois arbres auxquels pendaient des bouts de chiffon : sans doute les oriflammes des chevaliers

qui avaient tenté de vaincre la citadelle. Jonchant le sol, quantité de boîtes de conserves et de débris d'armures témoignaient de la violence des combats. N'écoutant que son courage, Clément donna l'assaut. Mais une porte s'ouvrit sur les imprécations de la concierge :

– Vas-tu me fiche le camp, sale voyou ! J'en ai assez de tous ces gosses qui viennent tourner ici...

Un autre mercredi après-midi, il avisa dans un jardin public une princesse qui dormait sur un banc, victime d'un sortilège. Clément s'approcha d'elle et lui fit un baiser : l'endormie se réveilla, mais en poussant des cris d'orfraie, et une dame accourut, qui traita le jeune preux de tous les noms et lui tira les oreilles : manifestement ici, personne n'attendait de Prince Charmant.

Une troisième fois Clément avait bien cru trouver enfin la compagne idéale. Elle était couchée toute nue sur le bord du trottoir, une main dans le caniveau. Hélas ! en y regardant de près, Clément découvrit qu'il s'agissait d'un mannequin de plâtre hors d'usage jeté à la voirie. Il s'en désola durant huit jours.

Or non loin de Rouen, à Barentin, il y avait un jeune ménage qui venait d'avoir un enfant, une petite fille, et ces gens-là, pour fêter le baptême, organisèrent une réception à laquelle ils prièrent le ban et l'arrière-ban de leur famille et de leurs amis et connaissances.

Au jour dit, les uns et les autres se présentèrent les bras chargés de cadeaux ; et tout le monde se pencha sur le nouveau-né, et lui prophétisa une vie sensationnelle. Le papa et la maman étaient aux anges. Ils souriaient béatement.

Mais voilà que soudain, on sonne ; c'est la tante Elisabeth qui se trouve derrière la porte : on avait pourtant pris soin de ne pas l'inviter ! La tante Elisabeth est une vieille parente honnie de tous, terrible langue de vipère, rabat-joie professionnelle. Il ne fait jamais bon l'avoir chez soi.

– Bonjour Bernard, bonjour Florence, dit-elle au papa et à la maman qui en faisaient une tête !

– Bonjour, chère tante Élisabeth, répondent-ils, quel plaisir de vous voir parmi nous. Justement nous nous disions...

– Suffit ! Conduisez-moi au berceau.

Et prenant le bébé à bout de bras, la tante Elisabeth qui était très costaude, le secoua comme un prunier et dit :

– Toi ma petite, un jour tu te piqueras avec une aiguille, et ce jour-là tu t'endormiras d'un sommeil éternel, ainsi que tous ceux de ton entourage ! Ah ! Ah ! Ah !...

Et elle s'en fut en claquant la porte, laissant l'assistance absolument consternée.

Par bonheur se trouvait là le cousin Bertrand, du Havre, garçon de ressources, qui s'y connaissait en magie, enchantements, pratiques noires et autres métamorphoses et qui s'efforça de remettre de l'ambiance. Il dit qu'il ne fallait pas se laisser abattre et que si jamais la prédiction de la tante Elisabeth venait à s'accomplir, eh bien! il suffirait de trouver un Prince Charmant qui réveillerait tout le monde. Le cas s'était déjà produit.

Pour plus de sûreté, il manigança une sorte de contre-charme avec les moyens du bord, c'est-à-dire un verre d'huile d'arachide, une pièce de dix centimes et un cheveu de la cousine Marie-Hélène secoués ensemble ; puis il recommanda qu'on éloigne tout de même autant que possible à l'avenir tout ce qui pourrait ressembler de près ou de loin à une aiguille.

Sur quoi chacun regagna son domicile, somme toute assez content de son après-midi.

La petite Louise grandit en beauté et en sagesse et elle devint une superbe jeune fille qui faisait la fierté de ses parents : sa voix était douce, ses cheveux de miel, son teint de lys, ses yeux comme deux sources d'eau vive et son caractère en or. Elle pratiquait les sports, on la voyait galoper dans la campagne sur son poney et les gens lui faisaient des signes de la main.

Tout le monde jusqu'à Rouen admirait cette famille heureuse, simplement on se demandait pourquoi leurs habits n'avaient jamais leur compte de boutons : on ne s'avisait pas de l'incommodité de coudre sans aiguille.

Tout allait pour le mieux, quand hélas! le malheur se produisit. Louise, qui goûtait chez une amie, voulut mettre un disque : elle se piqua au doigt avec le saphir de l'électrophone.

Elle ne s'endormit pas. Elle resta pétrifiée, immobile, à part un ou deux spasmes, signes qu'en son for intérieur les charmes contradictoires de la tante Elisabeth et du cousin Bertrand se disputaient le terrain.

Dieu merci! ce fut le second qui prit le dessus, et Louise revint à elle ; mais alors on sut que le cousin y était allé un peu trop fort : car elle se réveillait excessivement. Ses yeux s'élargirent, sa main trembla, et elle se mit à danser et à danser, de plus en plus

frénétiquement, gesticulant sans qu'on puisse l'arrêter : elle dansait, dansait toujours, et la sueur lui mouillait le dos et traversait son chandail ; alors on la laissa danser toute seule et elle passa le restant de l'après-midi à se trémousser chez son amie.

De retour chez elle, son premier geste fut de tourner le bouton de la radio et elle recommença à se démener sur les succès du hit-parade sans que ses parents y puissent rien. Pour finir, ils allèrent se coucher, et le lendemain matin, quand ils se levèrent, n'ayant pas fermé l'œil, ils étaient inquiets des réactions dans l'immeuble, car leur petite Louise n'avait pas cessé de la nuit. Justement le papa de Louise rencontra dans l'escalier le voisin du dessous, M. Tabac, partant comme lui pour son travail. Il s'attendait de sa part à des remontrances et mêmes à des menaces d'aller porter plainte au commissariat pour tapage nocturne. Eh bien, pas du tout.

– Bon-bon-bon-----jour, bon-bon-bon-----jour, pom-pom-pom tralala, chanta M. Tabac en se tortillant sur les marches, et le papa de Louise le vit s'éloigner dans la rue en faisant des claquettes.

La rue elle-même, ce matin-là, résonnait d'un vacarme infernal. Les voitures klaxonnaient, les passants criaient, les agents de police faisaient entendre leurs sifflets à roulette, tout le monde s'activait dans tous les sens. Le papa de Louise entra dans un café : l'endroit était plein des hurlements d'un juke-box

et les consommateurs, aux tables et devant le zinc, claquaient dans leurs mains en cadence. De quoi devenir fou. Renonçant à aller au bureau, le papa de Louise rentra chez lui.

A la maison, ça avait empiré. Louise avait convoqué tous ses camarades de l'école et tous étaient venus, porteurs de casseroles et de cuillères. Ils avaient formé un orchestre. M. Marelle, le monsieur du dessus, s'était joint à eux, moyennant le renfort d'une lessiveuse, en qualité de tambour : il tapait dessus à tour de bras. La maman de Louise en personne se tenait devant les musiciens en faisant office de chef d'orchestre. Alors le papa de Louise fut frappé de contagion, il se mit à chanter à tue-tête.

La rue entière sombra dans le vacarme et la danse de Saint-Guy. Les habitants des alentours alertèrent le commissariat, ainsi que les pompiers, qui vinrent et déployèrent leurs lances dans l'espoir de noyer le potin, mais sans succès. Alors on saisit la préfecture, qui en référa au ministre. Et la rue fut condamnée, mise en quarantaine derrière un rideau de barbelés.

Cette affaire permit à Clément de donner sa pleine mesure de chevalier sans peur et de prouver son dévouement à la cause commune.

Il fit le voyage de Rouen à Barentin sur son vélo, accompagné du fidèle Didi qui trottait toujours contre sa roue. Il reconnut les lieux. L'immeuble de Louise, avec sa façade illuminée, le plongea dans une rêverie où la gloire le disputait à l'honneur.

Déjà l'Assemblée Nationale s'était saisie de l'affaire et avait voté la destruction de la rue frénétique, comme l'appelaient les journaux : il ne s'agissait ni plus ni moins que de la raser, après élimination physique de ses occupants. Le ministre de la Guerre avait envoyé sur place ses sapeurs et ses artificiers ; l'aviation se tenait prête. Quand tout serait fini, on construirait sur les lieux de la tragédie un centre commercial avec des crèches, une cinémathèque et tout ce qui s'ensuit ; et on tâcherait d'oublier.

Clément cadenassa son vélo et se faufila dans la zone interdite en rampant sous les pieds d'une sentinelle. Il enjamba un bâton de dynamite, et parvint sain et sauf à l'entrée de l'immeuble. Il monta

au troisième. Et il pénétra chez Louise, où l'on ne se souciait que de danser, pas de pousser les verrous.

Clément entra dans le tourbillon de la danse et s'approcha de Louise. Elle paraissait encore très fraîche et très en train. La danse qui se dansait à ce moment-là était une danse assez complexe, s'exécutant à l'aide d'un cerceau de plastique, dans quoi il fallait se trémousser en le gardant autour de ses hanches, ce qui n'était pas commode ; mais Clément ne fut pas ridicule, il ne fit pas tomber le cerceau.

Le disque suivant fut une bonne vieille valse. Justement Clément dansait très bien la valse. Il prit Louise dans ses bras, et les voilà tous deux qui tournent, qui tournent, et tournent, et Louise se laisse aller, et Clément la maintient, ils virevoltent élégamment et l'assistance comprend qu'il va se passer quelque chose : de fait, Clément fit à Louise un baiser, et elle redevint très calme, et se laissa tomber dans un fauteuil.

Ce fut la fin du cauchemar. Tous les danseurs s'immobilisèrent, tout se tut sur Barentin, le maléfice était levé. Le silence se rétablit et on entendit le bond de la sauterelle dans les herbes des faubourgs. Le ministre de la Guerre parvint à retenir ses bombardiers.

Les barrages furent levés, et toute la région reprit son allure normale. Clément fut proclamé bienfaiteur du genre humain et sa mère triompha, depuis le temps qu'elle le disait que son fils était un prince Charmant!

Il y eut un festin où l'on mâcha en silence, et trois mois plus tard, Clément épousa Louise. Ils furent très heureux et ils eurent beaucoup d'enfants, tous fort calmes et silencieux.

Conte à rebours

Dans la bonne ville de Frask, capitale de la Boursoulavie occidentale, vivait un malheureux nommé François Luné – malheureux du fait qu'il ne marchait pas dans le même sens que tout le monde.

François Luné marchait à reculons et ça lui gâchait l'existence : pour être heureux, il faut d'abord passer inaperçu.

Tout avait été mis en œuvre et des sommes folles dépensées dans son enfance par ses pauvres parents pour que le petit François veuille bien repartir dans le bon sens. Hélas ! consultation des sommités de la médecine, gymnastique corrective, massages, bains de boue, rien n'y avait fait. Le bambin avait persisté dans sa marche à reculons. On avait fait venir le célèbre professeur du Tirand, premier spécialiste du royaume en matière de troubles de la circulation pédestre : c'était un pra-

ticien éminent, surtout quant à l'élévation de ses hono-
raires, et principalement habile à mettre un nom sur
les maux inconnus. Il qualifia l'infirmité de François
d'*inversion ambulatoire opiniâtre*, et dit que, selon lui,
il n'y avait aucun espoir de guérison. Ce qu'enten-
dant, monsieur Luné père mourut d'un accès de chagrin.

François eut une jeunesse maussade. Exempté du
service militaire, il en perdit tout prestige auprès des
demoiselles qui lui trouvaient l'air bizarre à se pré-
senter toujours de dos; il ne se maria pas. Quant
à trouver du travail, les employeurs de Frask s'étaient
apparemment donné le mot : on n'embauchait que

cette catégorie de jeunes gens "allant de l'avant"; et
tout ce que François put décrocher fut un poste, mal
payé, de veilleur de nuit. En sorte qu'à l'âge de trente-
quatre ans, après dix ans de labeur, la situation de
notre héros se présentait comme suit : il était pauvre,
il était seul, il était triste, il vivait dans une mansarde,
son linge n'était pas reprisé et il ne mangeait que des
conserves. Par-dessus tout, il continuait à marcher à
reculons, et à présent c'était fichu : il ne se corrigerait

plus. A partir d'un certain âge c'est trop tard pour se réformer. Les perspectives d'avenir de François Luné n'étaient pas folichonnes.

Or en ce temps-là, le souverain régnant sur la Boursoulavie occidentale était le roi Livarot IX qui était un très grand roi, bon chasseur, bon poète, passionné de voitures, grand mélomane et surtout altesse extrêmement puissante : il suffisait qu'il dise : "Je veux" ou même seulement qu'il le pense pour qu'il en soit fait aussitôt selon ses moindres désirs.

Il portait une perruque verte, des bottes en entonnoir et des bagues à chaque doigt, et se déplaçait entouré d'un essaim de ducs et de barons portant eux aussi perruque verte et bottes en entonnoir, chargés de rire lorsque le roi riait, de tousser quand il avait mal à la gorge et de trébucher quand il ratait une marche.

La cour, d'un luxe inouï, se tenait à Frask, dans un palais aux 6000 fenêtres, très haut de plafonds, où se donnait un bal sept fois la semaine, au cours duquel la reine Aubergine, gracieuse épouse du roi, ex-championne universitaire de natation, déployait des charmes considérables et prenait garde à danser mieux que personne ; vers minuit, le roi récitait quelques poèmes de sa façon.

Le roi Livarot et la reine Aubergine s'aimaient d'amour tendre et comme il arrive en pareil cas, la tendresse fut sanctionnée par la venue d'un enfant. Le 34e jour de l'an V du calendrier boursoulavien, naquit une petit fille de quatre livres et demie qu'on prénomma Chouette, en témoignage de la liesse générale. Il y eut des fêtes par tout le pays. Le roi fit tirer 34 coups de canon. On fit flamber des feux de bengale. On organisa un concours d'élégance automobile. On embrocha des bœufs et trois condamnés à mort furent grâciés. Et on dansa beaucoup, surtout au palais où la reine, comme d'habitude, et bien qu'à peine relevée de ses couches, s'y prit plus joliment que tout le monde.

Mais on en était au treizième mois de ces festivités, quand tout à coup les lampions s'éteignirent. Un vent d'horreur souffla sur la Boursoulavie occidentale. Car la petite princesse Chouette, dont on attendait impatiemment les premiers pas, venait de les effectuer... à reculons! Eh oui, à reculons!

Immédiatement tout le monde, jusque dans les provinces les plus reculées, fut au courant de cette catastrophe nationale, et le bon peuple de se désoler, et de se lamenter, et de tomber dans l'abattement, d'autant plus raide qu'il était mort de fatigue de s'être tant réjoui. Les pleureuses professionnelles firent de très bonnes affaires, chaque famille renchérissant pour engager la sienne.

Cependant au Palais, le roi Livarot et la reine Aubergine, derrière leurs 6000 fenêtres dont on avait tiré les persiennes et mis les stores en berne, demeuraient dans un état de prostration sans précédent, affalés sur leurs trône en proie à une douleur muette aussi épaisse que leurs murailles tendues de brocart à ramages. Ils passèrent ainsi dix semaines : elle incapable de rien avaler et se rongeant les ongles, lui ne prenant même plus la peine de coiffer sa perruque et la mâchoire agitée de tics; les courtisans rôdaient tête nue, derrière eux, à pas feutrés, dans les salles silencieuses, se mangeant les joues pour paraître maigres.

On convoqua le fameux professeur du Tirand qui vint accompagné de toute son équipe. Il rediagnostiqua son *inversion ambulatoire opiniâtre* à laquelle il adjoignit le qualificatif de *récurrente,* puisqu'il la voyait pour la seconde fois. Il répéta que c'était grave, sans doute incurable, et prononça quelques mots venant du grec. Il émit enfin l'opinion que ça n'était pas de chance pour les royaux parents, sur quoi il prit congé, laissant tout le monde très abattu, plus quelques-uns de ses élèves endormis par son débit monotone.

S'obstinant à vouloir guérir sa petite Chouette en dépit de ce verdict pessimiste, le roi commanda qu'on essaie tous les traitements, qu'on mette en œuvre toutes les thérapeutiques, qu'on expérimente toutes les potions. Sur son ordre, on consulta tous les rebouteux et tous les sorciers qui voulurent bien se faire connaître et les radiésthésistes, et toutes les voyantes extra-lucides du royaume et d'ailleurs; on eut recours

à un guérisseur malgache, à un chaman de Sibérie. On dit des messes, on se voua à tous les saints. On fit brûler des cierges et de l'encens. On immola des chèvres. Enfin, absolument rien n'ayant d'effet, on proféra beaucoup de jurons et de blasphèmes, tandis que la princesse continuait de grandir dans sa fâcheuse tendance, absolument rebelle à toutes les tentatives.

Le roi Livarot et la reine Aubergine n'étaient plus que les ombres d'eux-mêmes, transis de désespoir, et on commençait à craindre pour leur santé.

Mais après un an de ce régime, le roi, qui était un monarque avec du ressort, le contraire d'une chiffe molle, et qui n'avait pas l'habitude que les choses lui résistent, sortit soudain de son chagrin. Il abattit son poing sur l'accoudoir de son trône, où ses larmes avaient favorisé la pousse de champignons : et il décida de passer lui-même à l'action. Il manda son Premier ministre. Celui-ci ayant comparu, il lui ordonna de procéder dans les plus brefs délais à la promulgation d'une loi, n'importe laquelle et rédigée comme bon lui semblerait, mais une loi qui obligerait tous les habitants de la Boursoulavie occidentale sans distinction de sexe, d'âge ni de classe, et sous peine d'être pendus, à marcher désormais à reculons.

Ce fut, du jour au lendemain, une belle pagaille en Boursoulavie occidentale.

La loi fut affichée à tous les coins de rues. Chacun s'efforça aussitôt de l'appliquer vaille que vaille et fit de son mieux pour suivre la consigne officielle. Mais il n'est pas commode de changer ses habitudes. Et il y eut beaucoup de pendus.

Le pays se paralysa, ou presque. Partout ce ne fut que collisions, chutes, fêlages de coccyx. L'activité économique s'en ressentit. La balance des paiements s'effondra. On en fit rapport au roi, qui ne savait pas plus que vous et moi ce que peut bien être une balance des paiements; mais la nouvelle le mit de méchante humeur, du moment qu'il s'agissait de la sienne. Il était devenu grognon. Il n'allait plus à la chasse, ne composait plus de poèmes. Il restait au Palais, passant ses journées à faire les cent pas, à reculons, pour donner l'exemple; mais faute d'y réussir avec le brio voulu, il enguirlandait son entourage et ordonnait des pendaisons. Même la reine se faisait attraper, traiter de bonne à rien. On ne dansait plus au Palais; on se menaçait du gibet. L'ambiance était devenue patibulaire.

Un matin qu'il était à sa fenêtre, le front contre la vitre, Livarot IX aperçut, à travers le brouillard de sa mélancolie, un passant, dans la rue, remarquable en ce qu'il marchait à reculons bien plus vite et bien mieux que tout le monde. Il y montrait une technique exceptionnelle.

C'était un homme chauve d'environ 35 ans, le dos rond, la mise modeste, mais cette virtuosité à se mouvoir conformément aux ordres de son roi tenait réellement du prodige et ne pouvait qu'annoncer un sujet hors du commun.

Livarot fit un bond d'enthousiasme, au grand dommage du rideau qu'il tenait agrippé :

– Qu'on m'aille quérir ce citoyen modèle, s'écriat-il, je veux le féliciter. Rattrapez-le immédiatement!

Les gardes se précipitèrent et on amena le passant. Quand il l'eut devant lui, Livarot IX le gratifia tout d'abord d'une forte accolade, puis d'un bout de rideau dont il ne savait que faire et troisièmement s'enquit de ses nom, prénom et qualité.

– Sire, je m'appelle François Luné, répondit l'homme, et je suis veilleur de nuit, pour vous servir.

Séance tenante, Livarot fit remettre à cet être d'élite plusieurs décorations et titres honorifiques; puis, se tournant vers son Premier ministre, lequel avait le malheur de se trouver là :

– Monsieur de Seydur, je vous prie?

– Votre Majesté?

– Veuillez, pour me complaire, monsieur de Seydur, exécuter ici même, et tout de suite, autant qu'il vous plaira de pas en avant.

– Mais votre Majesté...

– Je vous en prie, monsieur de Seydur.

Et dès que le Premier ministre eut avancé de quelques mètres :

— Seydur, lui dit le roi, vous êtes un brave, et vous pouvez compter sur moi : je m'occuperai de votre veuve et de vos orphelins. En attendant, vous venez d'enfreindre la loi; vous serez pendu demain à l'aube.

Puis revenant à François :

– Monsieur Luné, il semble que je vais avoir besoin d'un Premier ministre. Voulez-vous me faire la grâce de m'en tenir lieu? Le poste n'est pas trop mal payé : mieux que celui de veilleur de nuit.

Paroles auxquelles il ajouta celles-ci d'encore plus stupéfiantes :

— Pour commencer, je vous annonce votre mariage. Vous épouserez ma fille dès que possible.

Ayant dit, Livarot IX, monarque absolu de la Boursoulavie occidentale, tira sur un cordon de sonnette et fit mander son chef de la Police pour qu'il emmène l'infortuné Seydur. Il fit appeler ensuite son grand maître des Cérémonies afin de régler les détails de la noce.

Le mariage eut lieu trois semaines plus tard. La princesse Chouette, d'un caractère facile et enclin aux festoiements, ne fit aucune difficulté (d'ailleurs une petite fille de deux ans n'a pas son mot à dire). Quant au marié, on lui tailla de beaux habits et on le fit passer tour à tour entre les mains du bottier, du coiffeur et du confesseur de la maison du roi; au sortir de quoi on ne le reconnut plus, tant était fière son allure.

Trois évêques concélébrèrent la messe, qui fut grandiose, et pendant laquelle la princesse, en robe blanche

et petits chaussons de laine, une cagoule sur la tête et sa tétine au bec, ne cessa de trépigner au son de l'orgue en tirant sur la manchette de son promis.

Les époux sortirent de la cathédrale la main dans la main, à reculons, sur un tapis de coquelicots, et la foule, massée devant le parvis, salua par des vivats et de jets de riz l'apparition d'un couple si bien assorti et au maintien si harmonieux.

On alla faire un festin, où furent servis grand nombre de cuissots marinés, d'alouettes en salmis, de matelotes d'écureuil et de sorbets à l'armagnac, plus une bonne assiettée de bouillie à la farine pour l'héroïne du jour.

De nouveau on tira des coups de canon, on dansa dans les campagnes, on se congratula et on grâcia les condamnés à mort.

François Luné avait été nommé Premier ministre et prince consort, mais aussi grand officier de l'Ordre du Rétroviseur, secrétaire général du parti du Rebours, membre du Collège des Ecrevisses et soldat de première classe. Moyennant quoi il gouverna fort bien, témoignant dans ses nouvelles fonctions d'autant d'aptitudes qu'à celles de veilleur de nuit. Il fut très populaire et le resta de longues années, travaillant comme une brute, pour la plus grande satisfaction de son roi auquel tout loisir était laissé de chasser le renard et de pratiquer la versification. Le peuple aimait surtout le Premier ministre parce qu'il pendait peu. Il faut dire que tout le monde maintenant, marchait à peu près correctement à reculons en Boursoulavie occidentale, il n'y avait plus à sévir.

Quinze ans après, le roi Livarot vint à mourir. François Luné monta sur le trône, sous le nom de François Ier. La princesse Chouette avait grandi. Elle présentait maintenant l'aspect enviable d'une ravissante jeune reine fort bien faite, dont n'importe quel mari fût tombé amoureux; on apprit un jour qu'elle attendait un heureux événement. Et huit mois plus tard, venait au monde un petit garçon, dont la naissance fut célébrée à travers toute la Boursoulavie occidentale moyennant le genre d'allégresse qu'on a déjà vu, et le surcroît de faste qu'on imagine s'agissant de l'héritier du nom. On l'appela Vociféro, par référence à ses capacités vocales.

Mais vint bientôt l'époque que le Dauphin fasse enfin ses premiers pas. Et tout le monde se posait, non sans angoisse, la question de savoir dans quel sens il voudrait bien les accomplir : s'il marcherait à reculons comme ses parents, ou bien s'il tiendrait au contraire de ses grands-parents et irait de l'avant, selon les pratiques ancestrales. Les controverses allaient bon train, non dénuées de passion. On calculait les conséquences politiques et sociales de l'une ou l'autre éventualité, chacune d'elles ayant partisans et adversaires tout aussi bavards. L'expectative était totale. Comme on dit : il y avait du suspense.

Le professeur du Tirand professa que le petit Vociféro exécuterait ses premiers pas dans l'un ou l'autre sens, et qu'on pouvait raisonnablement admettre qu'il les ferait dans le meilleur, à moins que ce ne soit dans l'autre, qui dans ce cas ne serait pas mauvais non plus.

Un soir que le roi François Ier rentrait au Palais au terme d'une dure journée de travail, il trouva tout son monde assemblé dans l'antichambre à l'attendre l'air mi-figue, mi-raisin.

– Eh bien? demanda-t-il en accrochant son chapeau à la patère royale.

La reine Chouette s'avança (si l'on peut dire) :

– Mon ami, dit-elle, mon doux seigneur, vous allez avoir besoin de toute votre force d'âme. J'ai une pénible nouvelle à vous apprendre. Votre fils a marché.

– Eh bien? dit François en ôtant ses chaussures et en enfilant ses pantoufles. Parlez! En avant, ou en arrière?

– Ni l'un, ni l'autre, mon doux ami. Notre petit Vociféro a marché sur les mains!...

– Madame! vous plaisantez!

Ce n'était malheureusement pas une plaisanterie.

Le roi s'affligea énormément de ce coup du Ciel, et dîna ce soir-là sans le moindre appétit.

Mais il était un roi ingénieux. Dès le lendemain matin, à la première heure, il convoqua son Premier ministre, un certain Max Tricounet, homme de haute compétence et qui ne se noyait pas dans une goutte d'eau.

– Mon cher Max, lui dit-il (car les façons s'étaient modernisées à la cour, on s'appelait par son prénom), mon cher Max, vous êtes certainement au courant de ce qu'il arrive à notre petit Vociféro, qui un jour sera assis sur ce trône à ma place : il marche sur les mains. Vous vous souvenez peut-être des mesures qu'avait prises mon illustre prédécesseur, le grand roi Livarot, dans une situation comparable. Je pense que vous saurez ce qu'il vous reste à faire.

— Mon cher François, j'ai compris, répondit Max Tricounet.

Et il se retira dans son cabinet de travail, afin de rédiger le texte de loi approprié.

C'est depuis cette époque que la Boursoulavie occidentale est devenue ce pays où tout le monde sait marcher sur les mains, et qui fournit en gymnastes, équilibristes, funambules et acrobates la quasi-totalité des chapiteaux d'Europe.

Table des matières